P9-BUI-372

MAY - - 2011

JF BER C.1
Bergeron, Alain M. 1957-
La reine des loups noirs : miniroman

DISCARD

Guelph Public Library

Catalogage avant publication de Bibliothèque et Archives nationales du Québec et Bibliothèque et Archives Canada

Bergeron, Alain M., 1957-

La reine des loups noirs

(Le chat-ô en folie ; 5)
Pour enfants de 6 ans et plus.

ISBN 978-2-89591-083-1

I. Fil, 1974- . II. Julie, 1975- . III. Titre.

PS8553.E674R44 2010   jC843'.54   C2009-940046-4
PS9553.E674R44 2010

Correction et révision : Annie Pronovost

Tous droits réservés
Dépôts légaux : 1er trimestre 2010
Bibliothèque nationale du Québec
Bibliothèque nationale du Canada
ISBN : 978-2-89591-083-1

© 2009 Les éditions FouLire inc.
4339, rue des Bécassines
Québec (Québec) G1G 1V5
CANADA
Téléphone : 418 628-4029
Sans frais depuis l'Amérique du Nord : 1 877 628-4029
Télécopie : 418 628-4801
info@foulire.com

Les éditions FouLire reconnaissent l'aide financière du gouvernement du Canada par l'entremise du Programme d'aide au développement de l'industrie de l'édition (PADIÉ) pour leurs activités d'édition.

Elles remercient la Société de développement des entreprises culturelles du Québec (SODEC) pour son aide à l'édition et à la promotion.

Elles remercient également le Conseil des Arts du Canada de l'aide accordée à son programme de publication.

Gouvernement du Québec – Programme de crédit d'impôt pour l'édition de livres – gestion SODEC.

 Imprimé avec des encres végétales sur du papier dépourvu d'acide et de chlore et contenant 10 % de matières recyclées post-consommation.

 Sources mixtes
Groupe de produits issu de forêts bien gérées, de sources contrôlées et de bois ou fibres recyclés
www.fsc.org Cert no. SGS-COC-003885
© 1996 Forest Stewardship Council

IMPRIMÉ AU CANADA/PRINTED IN CANADA

La reine
des loups noirs

Miniroman de Alain M. Bergeron – Fil et Julie

LE CHÄT-Ô EN FOLIE

FRENCH
JF
BER
01

Miaouuu! Les loups noirs sont de retour dans la Vallée du temps fou, fou, fou! Il faut les chasser! Le roi promet une récompense de 100 pièces d'or à celui qui les fera fuir. Et la main de sa fille. Sauf qu'Altesse, la princesse, aime les loups, elle!

Moi, Coquin, le chat du château, je te raconte...

3 3281 01548 955 9

Chapitre 1

Il était une fois, dans un pays lointain...

– Non, Coquin! Pas de ça avec moi! se fâche Altesse, la princesse.

Bon, d'accord!

– Je ne suis pas une princesse ordinaire, moi. Je ne veux pas d'une histoire qui débute par «Il était une fois»! Surtout qu'il s'agit de ma deuxième aventure dans le Chat-Ô en folie.

Oui, j'ai compris! Quel caractère!
Je peux continuer? Merci!

Il était une deuxième fois, dans
un pays lointain...

– Ah! J'aime mieux *chat*... euh...
ça! s'exclame Altesse. Merci, le
ça... euh... chat!

AOUUU!

Hans, le berger, retire les écouteurs de ses oreilles. Il baisse le volume de son baladeur.

Hans avait encore ses dents de lait quand il a entendu hurler un loup la dernière fois. Les années ont passé. Ses petites dents sont tombées. D'autres ont poussé. Pourtant, il n'a jamais oublié ce cri. Un cri qui donne froid dans le dos. Et aujourd'hui, il frissonne de nouveau.

Son troupeau de 50 moutons est éparpillé au bas de la colline. Il compte ses bêtes. Il doit s'assurer qu'il n'en manque aucune.

– 1-2-3-4-5-6-7-8-9-10-11-12-13-14-15-16-17-18-19-20…

Cependant, il s'endort au vingtième mouton…

Le berger ronfle comme un gros cochon :

– ROOOOOOON… OINK-OINK-OINK…

Soudain, il est réveillé par le son du «Bip! Bip!» de sa montre de poche.

– Quoi? J'ai dormi 30 minutes? 30 MINUTES!

AOUUU!

Le berger tremble de peur. Il n'a plus aucun doute.

Ce n'est pas un hibou. Un hibou, ça fait: «Hou! Hou! Hou!»

Ce n'est pas un dindon. Un dindon, ça fait: «Glou! Glou! Glou!»

Ce n'est pas un prince charmant qui a vu Altesse, la princesse. Quand un prince charmant voit Altesse, ça fait : « Yahou ! Yahou ! Yahou ! »

AOUUU ! C'est bel et bien le cri d'un loup.

Le berger siffle deux fois. À ce signal, son chien dresse les oreilles. Puis, il va vite regrouper le troupeau de moutons. Hans découvre alors que plusieurs bêtes ont disparu.

Il prend son bâton et il court, court, court.

Direction ? Le château du Royaume d'En-Bas !

À la cour du roi, on raconte déjà que les loups sont revenus. On ne les avait pas vus depuis longtemps, ceux-là.

Alerté, le roi Corduroy appelle ses conseillers.

– Messieurs, il faut se débarrasser des méchants loups. J'attends vos suggestions...

Après une heure de discussions, une décision est prise : on offrira une récompense.

– Cent pièces d'or à celui qui chassera les loups du royaume, déclare le roi.

Il réfléchit quelques instants. Puis, inspiré, il ajoute :

– Cent pièces d'or... et ma fille en mariage...

Altesse, la princesse, ne sera pas contente. Son père a la mauvaise habitude de promettre la main de sa fille pour tout et pour rien.

Chapitre 2

L'affiche pour annoncer la chasse aux loups noirs est collée partout dans la Vallée du temps fou, fou, fou. C'est l'artiste Philippe de Tilly qui l'a dessinée. Les deux récompenses offertes sont indiquées : 100 pièces d'or et la main d'Altesse, la princesse. Un vrai trésor !

Quelques jours plus tard, plusieurs princes se présentent au château. Ils sont prêts à éliminer les loups noirs.

Parmi eux, il y a le prince Eustache, du Royaume d'En-Haut. Il rêve d'épouser Altesse. Il espère succéder au roi Corduroy et régner sur toute la vallée.

Le prince Eustache fait cavalier seul. Les autres prétendants préfèrent travailler en équipe. De sa fenêtre, la princesse voit s'éloigner les princes. Ces hommes l'inquiètent plus que les loups...

«Après tout, se dit Altesse, un loup, ce n'est qu'un gros pitou!»

Des hurlements surgissent de la lointaine forêt. Une épouvantable odeur d'urine remplit l'air. Les loups ont marqué leur territoire...

* * *

Altesse, la princesse, doit rester dans sa chambre, au sommet de la tourelle. C'est un ordre du roi, qui craint pour sa fille. On interdit à Altesse d'aller dans la forêt jouer à «Loup, y es-tu?». Car loup y est!

Les princes font plusieurs expéditions. Sans résultat. Les loups continuent de hurler la nuit. Ils attaquent aussi les animaux dans les champs. Par exemple, Blanquette, la chèvre adorée du sieur Séguin, a été mangée.

Un soir, un paysan, Charles Perrault, arrive en catastrophe à la cour du roi. Il annonce :

– Ma fille a disparu ! Elle devait apporter une galette et un pot de beurre à sa mère-grand. Elle ne s'est pas rendue. Les loups sont les coupables, j'en suis certain…

À la demande du roi, l'artiste Philippe de Tilly dessine un portrait-robot de l'enfant disparue.

– Elle portait un chaperon rouge, précise le père.

Des affiches sont aussitôt placées partout. Altesse, la princesse, apprend la nouvelle. Cette fois, elle doit faire quelque chose. La nuit est tombée. Il est temps pour elle d'agir... après avoir mis du vernis rouge sur ses ongles.

La jeune fille au chaperon rouge est assise sur une souche au milieu de la clairière. Son visage est éclairé par un feu de bois. Des cris de loups résonnent dans la nuit. Mais elle n'a pas peur. Elle est plutôt… fâchée. À ses côtés, le prince Eustache finit de déguster la galette et le pot de beurre.

Elle lance d'une voix perçante :

– Vous n'avez pas le droit !

Eustache essuie ses grosses moustaches.

– Délichieux! Dommage pour ta mère-grand.

– Pourquoi m'avez-vous enlevée? demande le chaperon rouge.

– Pour la galette et le petit pot de beurre, répond le prince. J'avais faim... et les loups aussi. C'est pour ça que ta présence est nécessaire. On n'attire pas les mouches avec du miel. Ni les loups avec de la mayonnaise. Tu es le plat principal de la soirée.

AOUUU!

Les loups se rapprochent. Eustache saisit son épée, prêt à se battre. Il essaie de se donner du courage :

– Tout le monde sait que les loups ont peur des hommes.

– Vous n'êtes pas un homme : vous êtes une mauviette !

Le prince se fige. Ce n'est pas la voix du chaperon rouge qu'il vient d'entendre.

Une délicate silhouette émerge d'un buisson.

– Youpiiii! s'écrie le chaperon rouge.

– Prince Eustache… Comme on se retrouve, remarque Altesse, la princesse, qui vient de surgir près d'eux.

Chapitre 3

La lune brille dans le ciel noir. Elle est toute ronde. Les hurlements des loups sont encore plus forts. Altesse, la princesse, n'a pas peur. Elle menace le prince Eustache avec son épée. Elle veut libérer le chaperon rouge.

– Vous n'avez pas honte ?

Le prince ricane.

– Honte ? Allons donc ! Grâce à moi, le royaume sera débarrassé des loups. Et je vais vous épouser, que vous le vouliez ou non.

Eustache se place devant sa prisonnière. Il ne laissera pas partir le chaperon rouge tant que les loups resteront cachés.

– Tiens, en parlant des loups...
observe Altesse.

Les crocs sortis, une vingtaine de
bêtes s'avancent en grognant.
Elles sont menées par un loup
énorme au pelage gris.

AOUUU!

La meute répète le cri du chef.

^OUUU !

Eustache ne pensait pas qu'il y avait autant de loups ! Il est pris à son propre piège. Le prince lâche son arme. Il se cache derrière le chaperon rouge. Il avertit les loups :

– Prenez-la, elle ! Miam ! Miam ! De la bonne chair rose et fraîche.

Le chaperon rouge réplique :

– Non ! Prenez-le, lui ! Menoume !
Menoume ! Il doit goûter le bœuf !
Un bon steak d'Eustache !

Altesse ne peut pas compter sur
Eustache pour protéger la petite
contre les loups. Elle se rappelle
sa dernière visite au zoo. Messire
Félicien lui a expliqué que pour
vaincre un loup, il faut crier plus
fort que lui.

La princesse dépose son épée au sol. Ensuite, elle marche vers le loup gris. Elle s'arrête face à lui et se met à quatre pattes.

Altesse se gratte l'oreille avec son pied.

– Wow! l'admire le chaperon rouge. Je veux apprendre à faire ça!

Sans crainte, Altesse affronte le loup gris:

AOUUU!

Le cri de la princesse résonne dans la forêt.

Le chef des loups accepte le défi. À son tour, il hurle :

AOUUU!

Satisfait, il regarde autour de lui. Mais les loups de la meute s'intéressent à Altesse. Elle recommence.

AOUUU!

AOUUU!

Est-ce possible ? Elle a crié encore plus fort ! La princesse est certaine d'avoir été entendue jusqu'au château. Tout à coup, elle voit Eustache courir vers son cheval. Il se sauve dans la forêt.

Le loup gris ne veut
pas laisser gagner
cette humaine
aux cris puissants. Il
gonfle ses poumons.

AOU…

Soudain, il s'étouffe! Il tousse et
tousse et tousse… Il a avalé un
papillon de nuit.

Pire, il a perdu.

Le loup gris s'incline. Les autres
loups l'imitent.

Altesse sourit, soulagée.

Les loups lui font maintenant les
beaux yeux.

Chapitre 4

Altesse est devenue la reine des loups noirs, car c'est elle qui a crié le plus fort.

Elle libère le chaperon rouge et la fait monter sur son cheval. La princesse mène ensuite les loups à l'extérieur du Royaume d'En-Bas. Elle consulte sa boussole.

– Le nord, c'est par là...

Au bout d'une journée de marche, le groupe atteint la réserve faunique. Ici, les loups seront à l'abri des hommes. Ils pourront élever leurs petits en sécurité.

Altesse doit se séparer des loups. Elle caresse la tête de chacun de ses sujets. C'est le départ. Pour leur dire adieu, elle pousse un dernier cri vers le ciel.

AOUUU !

La princesse rentre au château, accompagnée du chaperon rouge et d'un étrange compagnon.

* * *

Le roi a réuni sa cour dans la grande salle du château. Tout le monde veut écouter le récit du prince Eustache. On n'entend plus les loups depuis quelques jours. Le prince prétend que c'est grâce à lui.

– Avec mon épée, j'ai tranché la tête d'un loup monstrueux. Le reste de la bande a eu peur de moi. Les loups se sont dispersés dans la forêt. Je les ai tous attrapés.

Le prince fait le fier.

– J'ai sauvé le chaperon rouge. À l'heure qu'il est, la fillette dort chez sa mère-grand.

Les conseillers applaudissent. Le roi a écouté distraitement. Il s'ennuie de sa fille. Où est-elle passée ?

Eustache tend la main vers le roi pour recevoir la première récompense. Corduroy lui attrape le bout des doigts et les serre mollement.

– Joyeux Noël à vous aussi...

Eustache est étonné.

– Euh... Votre Majesté... la récompense... les 100 pièces d'or...

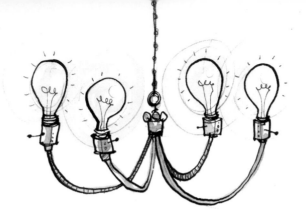

Le roi paraît se réveiller.

– Ah oui, c'est vrai...

D'un signe de tête, il ordonne à son chambellan d'aller chercher la bourse.

– N'oubliez pas la main de votre fille, lui rappelle Eustache.

Le roi est mal à l'aise.

– Justement, à ce propos...

La porte s'ouvre avec bruit. Un cri explose alors dans la salle :

AOUUU!

Altesse, la princesse, marche d'un pas sûr.

La foule est surprise. Eustache, lui, pâlit à vue d'œil. Il laisse tomber sa bourse sur le plancher. En voyant le compagnon d'Altesse, Eustache s'enfuit.

Le roi demande à sa fille :

– Altesse, ma chérie. Qu'est-ce que c'est ?

Elle caresse la fourrure grise du gros animal.

– Ça, mon père, c'est mon petit pitou…

Le loup gris et Altesse, la reine des loups noirs, hurlent ensemble :

AOUUU!
AOUUU!

* * *

Ainsi se termine cette deuxième aventure d'Altesse, la princesse. Ils vécurent heureux et eurent beaucoup d'enf...

– Non, Coquin! s'indigne Altesse. Je ne suis pas une princesse ordinaire, moi! Je ne veux pas d'une fin classique. D'ailleurs, je ne me marie même pas. Le prince Eustache n'est pas digne de moi!

Oui! J'ai compris! Quel caractère!
Je peux continuer? Merci!

Altesse vécut heureuse et éleva
beaucoup de petits pitous...

A ltesse, la princesse, n'a peur de rien. Ou plutôt oui! Elle a peur d'une seule chose : d'être mariée à Eustache. Maintenant, elle a un drôle de pitou pour veiller sur elle. Le prince osera-t-il revenir au château? Peut-être à pas de... loup? On verra bien!

Chat-lut!

FIN

Alain est un auteur très coquin, tout comme les illustrateurs Fil et Julie. Comme tu as pu le constater, ils ont mis dans le roman des mots et des objets inconnus à l'époque des châteaux.

Pour les retrouver tous, viens t'amuser sur mon site Web en cliquant sur le jeu «Mots modernes». Il y a aussi plein d'autres activités rigolotes.

Chat-lut!

www.chatoenfolie.ca

LE CHÂT-Ô EN FOLIE

**Miniromans de
Alain M. Bergeron – Fil et Julie**